カバー写真◎服部弘幸

目次

われを去らず

Ⅰ　時淡くなる

第一句集『虹』より　二十六句

水の音火の音帰省目覚めけり

幼年のはじめの色を繭玉に

来たさうな猫と目が合ふ藪からし
あふむきて時淡くなる鰯雲

眼にいつも蝶往き来して疲れけり

水着きつつどこかの海の記憶過ぐ

合歓咲いて読みかけの本思ひ出す

かすみ草白が残りて寝返りす

ラディゲ読む背後嵐の葡萄園

菓子食べてまた眠りけり春の風邪

口に出て言葉ふくらむ冬の霧

夫に子に笑むより知らず濃紫陽花

若き日の革命も詩も藤の花

街に見し牡丹が夢に現るる

花でいご叫んで言葉かがやかす

氷菓なめつつ母子の顔の近づきぬ

夏草や痛みに似たる風が過ぎ

炎天を父の手紙の来つつあり

湿原にフルートの風蜻蛉ふゆ

秋風や口あけてゐるデスマスク

手の木の葉犬に降らせて登校す

かなかなの素顔となれば聞こえけり

ふくらみしままの泪や藪柑子

腕時計ひかりぬ小鳥よぎるたび

初夢の中に道草してをりぬ

虹ひらくこの世にひとり子を遺す

Ⅱ　希望ふと

第二句集『風船』より　七十句

紙風船猫の掌をして持ちにけり

宿題のいやな子軒の燕の子

希望ふと熱き一個の今川焼
四次元のどこか笹鳴出入りす

降ればすぐ雪へ故郷の歩き方

てのひらにたまごの明かり白椿

田が植わり神獣鏡の澄みにけり

でで虫を離れ方向失ひぬ

榧の実をいくつも食べて火の香せり

ぼうふらを見てゐてバスを逃しけり

木綿着て蓼の花よりまだ淡し

蟬の木の波濤の時間水脈の時間

郭公にはるかな顔をあげにけり

囀の一羽わが友ハックルベリィ・フィン

クロスワードパズルの中を鳥帰る

絵はがきをポストへ隠岐の雀の子

重ね持つエラリー・クインと柏餅

黒川王祇祭　五句

見物を分けゆくもんぺ王祇祭

寝に帰る一人が寒き風入るる

火によればどこから来しと凍豆腐

「鉢木《はちのき》」に外ほんたうの夜の雪

「梟山伏」炉火に当家《たうや》の電話鳴る

青田の坂自転車くだるとき故郷
さるをがせ頭にのせてから呉れぬ

火祭の闇ばかりみて帰りけり

粉雪にいちにちとまる読めない字

階段を下りると毬が蹤いてきぬ

布の端持たせてもらふ雪晒

夜の蛙わが非すなはちわが浮力

クオ・ヴァディスわが掌に深き薔薇の渦

音階を試みこころみ鉦叩

時鳥父の不在の母子の夜

紅薔薇の火の峰母を超えられず

めがさめて翼のやうに涼しき肩

くひな笛箱にしまへば鳴いてをり

楸邨先生逝きて一年

遺されて月光に素手ひらくのみ

渡り鳥去年と同じ道にゐて
二十八宿都忘れを発ちにけり

月へ吹く硯の面の草の絮

牡蠣買ふや不意に時間がうしろから

はうれん草夜の遠浅を茹でてをり

葉牡丹や理路整然と迷宮に

過ぎゆくはジュラ紀の時間蜥蜴止り
いつか届く手紙のやうに種を蒔く

鞄からクラリネットと薄の穂

星空にゆびがひらきぬ薺爪

毛糸編むいくつもいくつも別れ道

阪神淡路大震災　五句

雪やんで缶切だけを買ひにゆく

寒の灯に来る弟へ駈けだしぬ

焼け土の冬芽へ撫でんばかりの声

がれきから無傷の梅酒掘りださる

汗の書類神戸市長田区と書く最後

自転車で行けさう冬夕焼の母の国

三角定規の長き一辺春夕焼

平城宮址石のかげから雀の子
芍薬のほぐれはじめの指をして

とろろ揺り常世の国の雲の中

ピエタ像息するたびにわが香水

ヘアピンカーブ街へ枯野がまつさかさま

言ひ足らぬ口の白息止まざりき

話しかけにくくてばつた追ひかけぬ

年立ちてをり書きかけの鉛筆と

背泳の一かき百合の香がすぎぬ

ラムネ飲む旅の終りの時間に似

渡り鳥みてぎこちなく歩きけり

秋風にさらす好きな字きらひな字

環《めぐ》り来て疾風怒濤夜の林檎

棉の花ひらく両掌をしてみたり

闇を来る黄沙つちふまずが目覚め

巴旦杏五歳のころの山河見ゆ

Ⅲ　違ふ明日

平成十年以後　七十句

違ふ明日来るとミモザは髪に触れ

エイサーの両手の空は帰らぬ日

枯野からはがき一枚書きおこす

組体操帰燕の空へ立ちにけり

蟹の穴指すに三色ボールペン

弘前

あかあかと胸へねぷたの倒れくる

冬の部屋のどこかに月日貝一片

雛の前戦いくつも過ぎしかな

薬玉のしづかにいつか逆まはり

青葉雨どすんどすんと体育館

東京の雨に濡れをり桜桃忌
ほととぎす死は誰にでもただ一度

子規忌また君の十五の誕生日

あやとりの涼しき橋をひらきけり

燦然と玉虫生死とは無縁

鷗見て濤みて白き日曜日

梨剝けば濤帰りゆく日本海

くたと伏すからくり人形山車の底

誰にも見えぬ黄泉の方へと踊の輪
飛びさうにして歩きだす雀の子

鳥雲に長き階段塔の中

父いつも何か待ちゐし冬夕焼

つと立ちてさらに涼しき方へ猫

薬師寺東塔落慶法要

日輪をつき新緑をさし振鉾《えんぶ》果つ

指で拭く汗よみじかき晩年来

霧のほか触れ得ず中央構造線

オルガンも象も折紙露の家

襟裳へ　六句

沖の鷗羽ばたき落す露一切

冷えびえと遠き熱狂名馬の碑

地の果と言ふなよ日高見せばや咲く

前方にイザベラ・バード一位の実
月の雫ふれふれアイヌの子守歌

アイヌ語のどれも露けき歌枕

花野ゆく胸に虚実の代はる代はる

子がふつとわれをはなるる流れ星

冬あたたか日時計となるわが陰り

夢にのみ入る部屋のあり花八手

盆路刈る迎ふるごとく逝くごとく

思考またはじめに戻る磯巾着

空蟬の音楽時計背中あく

後悔も出水もはじめ無音かな

草螢また弟に生れ来よ

愚禿親鸞となりて覚めたる蟇

窓いつぱいにトラックの胴冬来る

春立つと色鉛筆をけづりをり

一年生誰に会つても小走りに

棕櫚植ゑて棕櫚咲く頃に住捨てし

抱卵の頸をくるりと青葉木菟

花の切手鳥の切手のゆくおぼろ

泣きゐしか洗顔ながき白露の子

楸邨忌青き山河がわが机

能登

秋の浜ひろふ小石のみな仏

誰のためでもなくかがやく稽田

巣作りやシーツきれいに敷く少年

桃おほふ無数の言葉はがしをり

砂時計の砂の頂上送盆

麻織れり色鳥の影打ちつけて

紫蘭咲く烏枢沙摩明王への小径

冬籠うつかりああと返事して

生海鼠剝がすことさへ面倒な

白せきれい法然上人絵伝の川

年移る机上を風の鳴りながら

那智熊野権現

落椿神と仏のあはひかな

春の鷹遙かなる距離たもちつつ

梨剝いて水の立体とりだしぬ

明急ぐみな横顔の影絵劇

椽ひろひ旅の鞄のでこぼこす
資料百枚霙斜めに目を過る

厚物のもとにもどれぬ月日かな

楸邨留守胡桃の中に音のして

Ⅳ　楸の花

寒雷賞受賞作品から　十三句

椿の実けふ機殿に機の音

夫とゐて父とゐるごと蓼の花

秋風のうしろに大き糸車

城跡に捨石無数十二月

押してふと城が動きぬ大旦

初氷かと鉛筆を刺してみぬ

栗餅やこの晩年の手応へは

濛濛と国生むやうに初湯かな

松取れて無限の扉ひらくひらく

北をさす石の鏃も引く鳥も

苗木市胸に風船ぶつかり来

揚雲雀天のどこかにもう一羽

楸の花仰ぐ誰より遠くにて

Ⅴ　われを去らず

現代俳句協会年度作品賞 受賞作品から　二十二句

田起しの息整へて打ちはじむ

大壺の底ざらざらと驟雨去る

伴大納言絵巻の中も夕焼けぬ

青田原走つて来る子手が翼

膝ぬれて自由な時間紅睡蓮

父に一行の軍歴地のあかざ

藍の糸縞になりゆく涼しさよ

万緑の嶺したがへて来迎図

処暑過ぎぬ街三角の景に満ち

大蓼の花や那須野に馬を見ず

ひやひやと陸奥《みちのく》に入るふくらはぎ
かさねといふ少女帚木紅葉かな

白河の関絢爛と稲つるび

義経記の地を這ふごとく稲つるび

色彩を遣ひ果たして葉鶏頭

月明の子規の机はΣ《シグマ》かな

厄日過ぐ身を締むるものみな外し

濃く淡くBの鉛筆寒雀

遠ざかるとき桃源となる梅林

春しぐれ恵心僧都に泣き黒子

いづこかへ去る身なれども暖し
われを去らず三月十一日の水

歳月

石寒太

四十数年ぶりの再会であった。

お互いに齢は経ていたものの、神田ひろみさんは変わりはなかった。

今度、句集『われを去らず』が出るという。〈われを去らず三月十一日の水〉からの句。「あとがき」にある、3・11東日本大震災から十三年、みちのくはまだ復興の途上にある。その記憶は彼女をはじめ、われわれの脳裏にいまもずっと焼きついたまま残っている。

若き日の革命も詩も藤の花
巴旦杏五歳のころの山河見ゆ
飛びさうにして歩きだす雀の子

夫とゐて父とゐるごと蓼の花
われを去らず三月十一日の水

各章より一句ずつ抽出してみた。
長い間会うこともなく、交流も途絶えがちの歳月が過ぎたが、彼女の内なるものは、一貫してかわらないことが、これらの句からよく解かる。「われを去らず」の、最後の章に次の一句を見つけた。

月明の子規の机はΣ《シグマ》かな

これは凄い。子規終焉の庵の机である。子規は脊椎カリエスにより歩行困難で足を患い、机には切り込みが施されていた。それを「Σ」ととらえたのは、後にも先にも神田ひろみさんしかいない。上五の「月明の」がいい。若くしてこの世を去らざるを得なかった宿痾の子規を、あまねく満月が照らして、浮かび上がらせている。

さて、今度の句稿に目を通しながら、楸邨・ひろみ・寒太で越後の雪《ゆき》晒《ざら》しの旅をしたむかしを思い出していた。はるかなる旅――。楸邨夫妻と神田さん親子、その夜は高半ホテルに一泊した。翌朝、みんなで塩沢の紬《つむぎ》の里へ向かった。

神田ひろみさんは、楸邨に赤い風船を持たせたままのんびりと雪の中を歩いていた。楽しい一日であった。私たちにとっては、もう二度と帰ってこない、何も考えない旅。なつかしさがいっぱいであった。

楸邨に風船持たす旅なかば　　寒太

神田ひろみさんの、新しい句集『われを去らず』出版が楽しみである。この句集には、彼女のすべてがつまっている。

六月十三日

あとがき

キリスト教会に残る楸邨（加藤健雄）の記録の確認に、リュックを背負ってひとりでよく出掛けた。

そのように、楸邨先生が少年の頃通ったという福島県相馬市の中村教会を訪ねて東日本大震災に遭遇した。

激震は止むかにみえてこれでもかこれでもかと一層激しさを加えて揺れ続け、古い木造の教会堂はメリメリと音をたてて軋んだ。人間とは何か。突きつけられたのはそういう問いであった。一時間前に渡った名取川を遡ってくる三月十一日の水は、私を去ることがない。

師は拙句〈巴旦杏五歳のころの山河見ゆ〉について

「この句にかぎらずこの作者の詠みぶりは素手で物に触れてゆくやうな大胆なところがある。それでゐて詠まれたものはまことに微妙で最もむづかしいと思はれるものをずばりと言ひとつてゐる。これは詠まうとする対象と自分との間にはからひを挟まないからである。」（加藤楸邨・昭和五十七年「寒雷」八月号）

と記している。

師評をふりかえりつつ、小さな第三句集『われを去らず』を編んでみた。

折々に励ましてくださった方々に心からお礼を申し上げます。

第一句集『虹』と同じく、跋文「歳月」を寄せてくださった石寒太様に深く感謝しています。

百年書房の皆様には一方ならぬお世話になりありがとうございました。

令和六年七月三日　神田ひろみ

かさねといふ　116
重ね持つ　33
菓子食べて　13
かすみ草　12
郭公に　31
かなかなの　19
蟹の穴　65
鞄から　47
紙風船　25
鷗見て　70
榧の実を　29
がれきから　50
枯野から　64
寒の灯に　49
義経記の　117
来たさうな　10
北をさす　105
希望ふと　26
霧のほか　75
くひな笛　42
クオ・ヴァディス　39
草螢　83
薬玉の　67
くたと伏す　71
口に出て　14
愚禿親鸞と　84
組体操　64
クロスワード　32
毛糸編む　48
月明の　118
見物を　33
後悔も　83
子がふつと　80
濃く淡く　119
粉雪に　37

【さ行】

囀の一羽　31
さるをがせ　36
三角定規の　51
燦然と　70
子規忌また　69
色彩を　118
思考また　82
湿原に　18
自転車で行けさう　51
芍薬の　52
楸邨忌　88
楸邨留守　97
宿題の　25
棕櫚植ゑて　86

遺されて　42

【は行】

背泳の　56
白せきれい　93
巴旦杏　59
「鉢木《はちのき》」に　35
初氷　103
初夢の　21
話しかけ　55
花でいご　16
花の切手　87
花野ゆく　79
葉牡丹や　45
春しぐれ　120
春立つと　85
春の鷹　94
伴大納言　112
万緑の　114
ピエタ像　53
冷えびえと　77
楸の花　107
膝ぬれて　113
雛の前　66
火によれば　34
火祭の　37
ひやひやと　116
氷菓なめつつ　16
ふくらみし　20
「梟山伏」　35
冬あたたか　80
冬籠　92
冬の部屋の　66
降ればすぐ　27
ヘアピンカーブ　54
平城宮址　52
紅薔薇の　41
ぼうふらを　29
抱卵の　86
はうれん草　45
星空に　47
ほととぎす　68
時鳥　40
盆路刈る　81

【ま行】

街に見し　15
松取れて　105
窓いつぱいに　84
水着きつつ　11
水の音　9

めがさめて 41
環《めぐ》り来て 58
眼にいつも 11
濛濛と 104
木綿着て 30
桃おほふ 90

【や行】
厄日過ぐ 119
焼け土の 49
闇を来る 59
雪やんで 48
指で拭く 75
夢にのみ 81
幼年の 9
四次元の 26
夜の蛙 39

【ら行】
ラディゲ読む 13
ラムネ飲む 56

【わ行】
若き日の 15
棉の花 58
渡り鳥
—去年と同じ 43
—みてぎこちなく 57
われを去らず 121

神田ひろみ（かんだ・ひろみ）

昭和18年　弘前市生まれ
昭和51年「寒雷」入会　加藤楸邨に師事
昭和57年　第一句集『虹』（私家版　跋・石寒太）
平成10年　第二句集『風船』（題簽・加藤楸邨　発行者・塚崎良雄
　卯辰山文庫）
平成23年「加藤楸邨―その父と『内部生命論』」により第31回現代俳句評論賞受賞
平成27年「楸の花」（20句）により寒雷賞受賞
平成28年　評論集『まぼろしの楸邨―加藤楸邨研究』（ウエップ）
平成29年「われを去らず」（30句）により第18回現代俳句協会年度作品賞受賞
令和元年　『寺田京子全句集』（現代俳句協会）刊行委員
令和5年　中部日本俳句作家会賞受賞
現在　「暖響」（「寒雷」後継誌）創刊同人・「雲出句会」代表・暖響賞選考委員・現代俳句協会年度作品賞選考委員・博士（文学）
現住所　〒514-0304 三重県津市雲出本郷町1399-19